ODES

MARCEL DE BRAYER

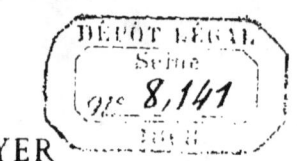

ODES

PARIS

IMPRIMERIE JOUAUST

338, RUE SAINT-HONORÉ

1868

A

MADAME GUYET - DESFONTAINES

SON PETIT-FILS

ODE I

ODE 1

LA MUSE ET LE POÈTE

LE POÈTE.

Toi dont je suis esclave et maître,
O mes amours,
Me faudra-t-il ainsi toujours,
Muse, t'aimer sans te connaître?

Sur mon épaule doucement
Quand tu reposes,
Ton souffle vers moi lentement
Monte avec un parfum de roses;

Portes-tu sur ton corps divin
      Une tunique,
Faite jadis avec du lin
Pris aux campagnes de l'Attique?

Enroules-tu dans tes cheveux
      Un diadème,
Dont l'or projette moins de feux
Que ta blonde tresse elle-même?

Tes traits, dis-moi, ressemblent-ils,
      O ma déesse,
A ces purs et divins profils
Des beautés qu'adorait la Grèce?

Ou sur ton front calme et serein
      Scintillent-elles
Les étoiles du séraphin,
Et comme un ange as-tu des ailes?

Muse, dont j'ai fait mes amours
      Sans te connaître,
A mes yeux si tu veux paraître,
Je jure de t'aimer toujours.

La Muse.

Dans le jour ou dans la nuit sombre,
      Ton œil humain,
Ami, me chercherait en vain,
Car je ne suis pas même une ombre!

Je suis la brise des forêts,
      Le vent sur l'onde,
Entraînant la vague profonde
Aux pieds des pins et des cyprès ;

Je suis la pourpre de la rose,
      Je suis les pleurs
Que chaque matin y dépose,
Et qu'un rayon change en vapeurs

Je suis la femme qu'on adore
      Ou qu'on n'a pas,
Celle que ravit le trépas
Ou celle que l'on cherche encore ;

Je suis la joie et le bonheur,
*   Et la souffrance,*
J'ai des cris pour chaque douleur
Et des chants pour chaque espérance !

Rien ne m'arrête en mon essor,
*   J'emplis l'espace,*
Et tout est grand par où je passe ;
Qui j'aime peut braver la mort.....

Car le souffle ardent qui féconde
*   Ton jeune chant,*
Ami, c'est le souffle puissant
De l'âme éternelle du monde !

ODE II

ODE II

L'ESPÉRANCE A L'HOMME

Mortel qui te désespères,
Que ne m'ouvres-tu ton cœur ?
Plus tes larmes sont amères,
Et plus te sembleront chères
Les visions du bonheur !
Je me nomme l'Espérance,
C'est moi qui donne à l'enfance
Ses rêves et son repos ;

2

Chacun me trouve à tout âge,
Je possède un doux breuvage
Qui console tous les maux.
Quand l'Espérance t'appelle,
Insensé, pourquoi t'enfuir?
Du doux repli de mon aile,
A ton âme qui chancelle
Je voilerai l'avenir!

ODE III

ODE III

L'IMITATION

I

A cette heure où le vent de la sèche ironie
S'acharne autour des fleurs d'un précoce génie,
Comme la bise autour des arbres renaissants,
Où, ne sachant encor quel instinct nous entraîne,
Nous tournons, comme fait l'alouette en la plaine,
Autour des purs miroirs aux prismes rayonnants;

Si l'on rencontre, au sein des broussailles obscures,
Un sentier qu'en dépit des cuisantes morsures,
Un grand homme déjà devant lui s'est ouvert,
Si l'on en voit le but, où la gloire rayonne,
Comme au sommet des monts que la neige couronne,
Resplendit un glacier sous un soleil d'hiver,

On s'élance, on se hâte, on s'efforce de croire
Que ce sentier aussi vous conduit à la gloire;
Le chemin est aisé, pourquoi n'y pas courir,
Puisqu'au but parvenu, si l'on craint la fatigue,
Un laurier toujours vert, et de ses fleurs prodigue,
Vous offre une ombre fraîche où l'on peut s'endormir?

Pourtant, comme on n'a pas déchiré sa poitrine,
Laissé mordre sa chair par la ronce ou l'épine,
Aux buissons de la route ensanglanté ses doigts
Et foulé sous ses pieds une ardente poussière;
On n'est que le reflet, on n'est pas la lumière;
On n'est qu'un vain écho, mais on n'est pas la voix.

Sur vos essais premiers chacun lance la pierre :
« Voyez l'audacieux, voyez le plagiaire.

Par quel démon d'orgueil s'est-il laissé tenter !
Faisons-lui froidement mesurer la distance
Qui sépare son front encor du front immense
De l'un de ces géants qu'il voudrait imiter !

« Ils avaient pu, ceux-là, dans leur longue carrière,
Jeter sur la nature un grand flot de lumière,
Mettre à nu devant eux chaque fibre du cœur ;
Leur scalpel à la main, au prix de mille peines
Arracher leur secret aux faiblesses humaines,
Et tenir l'univers sous leur œil scrutateur :

« C'est alors que du haut de leur esprit sublime,
Regardant se vautrer dans le vice ou le crime
La foule, dont les cris montaient parfois vers eux,
A l'aspect des douleurs de ces hommes, leurs frères,
Ils avaient, mesurant le poids de leurs misères,
Poussé le long sanglot qui les fit glorieux !

« Mais, vous qui conservez sur votre lèvre close,
Comme une goutte d'eau dans le cœur d'une rose,
Une goutte de lait pris au sein maternel...,
Enfants qui promenez sur l'horizon immense

Votre regard dont rien ne trouble l'innocence,
Anges moins près de nous que vous n'êtes du ciel!

« Que pouvez-vous pleurer à l'aube de la vie?
Et quelle illusion peut donc être ravie
A vos cœurs enivrés d'un chimérique espoir?
Est-il fleur au printemps qui refuse d'éclore?
Peut-on, dans un ciel pur quand se lève l'aurore,
Prévoir que la tempête éclatera le soir? »

Si tels sont tes arrêts, pourquoi dans nos poitrines
Jeter l'ardent foyer dont tu les illumines,
Grand Dieu? sommes-nous pas tels que tu nous as faits?
L'avons-nous demandé, ce feu qui nous dévore?
Puisque tu l'as donné, ne faut-il pas encore
L'alimenter, ou bien l'éteindre à tout jamais!

Quoi, parce que mon âme à vingt ans ignorante,
Sans remords, sans terreur, candide et souriante,
En ses premiers désirs s'ouvre pleine de foi,
Parce que les douleurs n'osent approcher d'elle,
Lui faut-il étouffer cette flamme immortelle
Dont l'ardeur la consume, et qui lui vient de toi?

Si la gloire est le prix des maux que l'on endure,
Fais-nous, Dieu tout-puissant, quelque large blessure.....
Ne nous épargne pas, nos cœurs te sont ouverts....
Frappe-les sans pitié, mais qu'au moins ta victime
Trouve, dans son angoisse, un cri d'horreur sublime
Qui soit le juste prix des maux qu'elle a soufferts !

ODE IV

ODE IV

UN FRUIT

Il est un fruit dans un jardin,
Vers lui je tends toujours en vain
Deux bras qui ne sauraient l'atteindre ;
Plus je m'élève et plus je sens
　　　Combien sont grands
Ceux de qui la main peut l'étreindre.

Je donnerais mes plus beaux jours,
Et mon printemps et mes amours,
La moitié même de ma vie,
Mes plus chères illusions,
          Les visions
Dont ma jeunesse est poursuivie ;

Je donnerais tout mon bonheur,
La meilleure part de mon cœur,
Celle que ma Muse eût choisie,
Pour goûter ce fruit odorant
          Plus enivrant
Que le nectar et l'ambroisie !

Mais j'ai beau tendre mes deux bras :
Il est trop haut, je ne peux pas
Briser la tige qui le lie !
Il se balance sous les cieux,
          Devant mes yeux,
Ce fruit qu'on nomme le génie !

ODE V

ODE V

L'AMOUR PIQUÉ

L'Amour s'était endormi
A demi,
Ainsi qu'un dieu doit le faire.
Par un frais et gai matin,
Le bambin
S'était enfui de Cythère.

4

La course, à ce qu'il paraît,
Fatiguait
Du petit dieu l'aile tendre,
Sous un rosier rouge et blanc
Fleurissant,
Il vint à l'ombre s'étendre.

A le voir frais et joufflu,
On eût pu
Le prendre pour une rose.
Une abeille s'y trompa
Et piqua
Sa lèvre humide et mi-close.

L'Amour s'éveille, implorant,
En pleurant,
Les tendres soins de sa mère.
Vénus justement passait,
Car on sait
Qu'elle a partout quelque affaire.

L'enfant se jette en ses bras :
« Mère, hélas!

Souffre-t-on douleur pareille !
Je crois que, si je pouvais,
J'en mourrais,
Tant m'a blessé cette abeille !

— Amour, Amour, ô mon fils,
Dit Cypris,
Si pour ces vaines souffrances,
Tu veux mourir, juge, enfant,
Quel tourment,
Causent les traits que tu lances ! »

ODE VI

ODE VI

LA TRISTESSE

Pourquoi, me direz-vous, être triste à vingt ans?
Pourquoi vos vers jamais ne sont-ils souriants,
     Comme au jeune âge tout doit l'être?
Pourquoi parler déjà de rêves écroulés,
De précoce tristesse et d'espoirs envolés,
     Quand à peine ils viennent de naître?

A cette heure charmante où chante dans le cœur
Le timbre frais et pur de la voix du bonheur,
     Divin fils de l'insouciance,

Faut-il déjà chercher ce que, dans l'avenir,
Le destin nous réserve, à l'heure où doit finir
  Le beau temps de l'adolescence?

Est-ce pour imiter ces poëtes rêveurs
Et les vers immortels où de leur muse en pleurs
  Ils peignent la mélancolie?
O jeune homme insensé, comme eux as-tu souffert?
Quand le bord de la coupe est d'un doux miel couvert,
  Pourquoi vas-tu chercher la lie?

Laisse des chants joyeux s'exhaler de ton sein.
Si tu ne chantes pas à l'heure du matin,
  Si tu repousses ta jeunesse...,
O malheureux enfant, que tu regretteras
Ce temps, au jour fatal où vraiment tu sauras
  Ce qu'on appelle la tristesse!

— Oui, vous avez raison, et pourtant, malgré moi,
Je retombe, suivant une invincible loi,
  Sous le joug de ma rêverie.
Je sais que je suis jeune et que rien jusqu'ici
De ce qui la rend chère et ce qui l'adoucit
  Ne manqua jamais à ma vie,

Et pourtant, quand mes vers sont tristes et rêveurs,
Quand je parle d'espoirs, de songes imposteurs
    Que j'ai déjà vus disparaître,
Ce n'est pas, croyez-le, pour le plaisir douteux
De vouloir me montrer autrement à vos yeux
    Que je ne dois et ne puis être :

C'est la sincérité qui me guide la main.
Il n'est pas une larme, il n'est pas un chagrin,
    L'ombre même d'une tristesse,
Qui n'ait, comme un nuage en un ciel calme et pur,
Passé sur mon bonheur et flotté dans l'azur
    Des plus beaux jours de ma jeunesse!

Car des cieux, voyez-vous, la muse est un enfant ;
C'est là que des rayons d'un soleil fécondant
    Elle reçut sa frêle vie...
Aussi quand Dieu lui brise une aile, et dans nos cœurs
L'emprisonne, pensive, elle arrose de pleurs
    Le souvenir de sa patrie!

ODE VII

ODE VII

UN VŒU.

Juste victime d'Apollon,
Jadis l'épouse d'Amphion,
Près de la rive phrygienne,
Pleurant sur son orgueil puni,
Sentait se changer en granit
  Sa forme humaine.

Après un festin odieux,
Fuyant la justice des dieux.
Jadis la sœur de Philomèle,
Par un seul mot de Jupiter,
Se voyait transformer, dans l'air,
    En Hirondelle.

Pour moi qui des dieux n'ai jamais
Encouru, pour de tels forfaits,
La colère aux méchants fatale,
Moi qui n'ai pas d'ambition,
Et ne suis fils de Pandion
    Ni de Tantale ;

Pourquoi ne puis-je en ton miroir,
Enfant, étre changé pour voir
Tes yeux m'y sourire sans cesse,
La nuit à l'heure où tu t'endors,
Et le matin lorsque tu tords
    Ta blonde tresse !

Que ne suis-je la goutte d'eau
Qui roule sur ta fraîche peau,

Quand tu sors d'une onde embaumée;
Ou bien, ô mes chères amours!
Le lin qui presse, en ses contours,
  Ta forme aimée!

Que ne suis-je un collier d'or fin,
Pour mieux baiser ton jeune sein,
Sans que tu saches que je t'aime;
Pour te le dire, un soir, tout bas,
Hélas! pourquoi ne suis-je pas
  L'Amour lui-même!

ODE VIII

ODE VIII

LE SOUVENIR

Quand aux jours de joyeuse ivresse
Dont le souvenir nous poursuit
Ont succédé le sombre ennui,
La solitude et la tristesse ;
Quand nous voyons devant nos yeux
Flotter tous ces riants fantômes,
Folle poussière, vains atomes,
Derniers débris des jours heureux !

Quand on sait que le plus doux rêve
Disparaît à l'heure où se lève
L'implacable réalité,
Comme les vapeurs de l'aurore
Sous le rayon qui la colore,
Et que la froide vérité,
Jusqu'au plus profond de notre âme
Doit tôt ou tard se faire jour,
Pour en chasser la douce flamme
De la jeunesse et de l'amour. .
Au jour où vient l'expérience
De l'inévitable avenir,
Il faut voiler le souvenir,
Si l'on veut garder l'espérance !

ODE IX

ODE IX

LE RENDEZ-VOUS

C'était hier, par un beau soir
Près de la mer j'allai m'asseoir
　　Et, solitaire,
Rêver près de cet infini
Qui roulait sous un ciel bruni
　　Son onde claire.

Les astres brillaient radieux,
La lune sortait, dans les cieux.
　　D'un flot de brume,

Et d'un pâle rayon dardait
Le blanc rivage de galet
    Frangé d'écume.

Je regardais courir les flots
Je voyais briller sur leur dos
    Leur crête blanche :
Ils venaient mourir lentement ,
A l'endroit où, sous eux roulant,
    Le galet penche.

Sous leurs rhythmes simples et sourds
Se fondaient les mille détours
    De ma pensée,
Si bien que je ne savais pas
Si ne me parlait pas tout bas
    L'onde froissée.

Je me laissais bercer ainsi ,
Quand un bruit de voix me saisit
    Et me réveille;
Je ne dormais cependant pas,
Mais j'étais bien loin d'ici-bas,
    Dans cette veille!

J'allais maudire ces clameurs
Qui couvraient le doux bruit des pleurs
De chaque lame,
Quand de votre rire argentin
J'entends se dérouler soudain
La fraîche gamme.

J'étais timide. — Lentement
Je me lève, et, tout en tremblant,
De vous j'approche :
Si je vous disais ma frayeur,
Serait-il place en votre cœur
Pour un reproche?

Auprès de vous j'allai m'asseoir,
Et dans le silence du soir,
Au sein de l'ombre,
Laissant parler nos deux amours,
Nous dîmes bien longtemps, toujours,
Des mots sans nombre,

Frais comme le chant des oiseaux,
Comme un souffle dans les roseaux
Calme et sonore.

7

De leur vrai sens, qu'en savons-nous,
Sinon qu'il nous serait bien doux
  D'en dire encore?

Et cependant jamais d'aveux
N'erraient, au doux gré de mes vœux,
  Sur votre lèvre,
Non plus qu'aux miennes ne montait
Ce mot d'amour qui me brûlait
  Comme une fièvre!

Enfin l'heure vint des adieux.
Vous me dites : « Voyez les cieux,
  Pas un nuage;
Il fera bien beau demain soir. »
Et puis seul je revins m'asseoir
  Sur le rivage.

— La nuit fut longue et puis le jour; —
Mais un ciel pur à mon amour
  Semble sourire;
La nuit brille de mille feux,
Et sur un rhythme harmonieux
  Le flot soupire!

Neuf heures arrivent enfin :
J'entendis un timbre lointain
        Dans le village;
Puis la demie ensuite; après
Dix heures, et toujours j'étais
        Seul sur la plage...

Une autre heure vint , en fuyant,
Tinter dans mon isolement,
        Lugubre et lente;
Jamais le ciel ne fut si beau!
Je sentis alors d'un sanglot
        L'étreinte ardente...

Et comme je me désolais,
Voyant en ce que je souffrais
        Le mal suprême,
J'entendis murmurer le flot;
Il me disait : « O pauvre sot,
        Qui croit qu'on l'aime! »

ODE X

ODE X

LA PENSÉE

Si l'on te voit passer à travers la prairie,
Pâle comme une fleur qui se penche flétrie
    Sous le blanc manteau des frimas,
Ou frôler dans ton vol, quand luit l'aube sereine,
La tige humide encor des herbes de la plaine
    Que tu n'inclines même pas ;

C'est toi, c'est ton image, ô ma chère pensée!
Tu t'en vas, butinant dans l'humide rosée,
　　Sur les calices pleins de miel;
Les rayons du soleil te colorent à peine,
Et par les prés fleuris ta forme aérienne
　　Monte, tremblante, vers le ciel!

ODE XI

ODE XI

LE GIVRE

J'aime dans un ciel d'azur,
Toujours pur,
Voir une vapeur légère
Danser le long du chemin,
Le matin,
Dans un rayon de lumière.

J'aime à voir les pommiers blancs,
           Frémissants
Sous une brise odorante
Qui de leurs fleurs, à son gré,
           Dans le pré,
Émaille l'herbe naissante !

J'aime entendre, dans les bois,
           Une voix
D'oiseau dont le gai ramage
Vient mêler sa note au son
           Du frisson
Qui court au sein du feuillage :

Rien est-il plus doux à voir
           Qu'un beau soir
Ramenant son ombre pâle,
A l'heure où brillent aux cieux
           Tous les feux
Du saphir et de l'opale?

Mais ce qui me plaît encor
           Bien plus fort,
C'est une belle gelée,

Quand sous un manteau d'argent
    Scintillant
La plaine apparaît voilée :

Comme un lustre de cristal
    Colossal,
L'arbre de rayons ruisselle ;
Sous chaque regard vermeil
    Du soleil
Il en sort une étincelle....

Sur ses plus petits rameaux,
    Pas si gros
Qu'une tige de pensée,
Brillent mille diamants
    Pas si grands
Qu'une goutte de rosée....

Depuis le haut jusqu'en bas,
    Il n'est pas
Une seule branche verte ;
Depuis la base du tronc
    Jusqu'au front,
Pas de place découverte ;

Tout est poudré, tout est blanc,
       Frissonnant
Au gré de la froide brise,
Jusqu'à l'heure où, dégourdi,
       Vient midi
Ramener la tiède brise.

Alors, de chaque glaçon
       Qui se fond,
Il sort une perle humide,
Et sous la branche, en tremblant,
       Se suspend
Une goutte d'eau limpide !

Or, rêvant au fond des bois,
       Quand je vois
Tomber sur la feuille morte
Ces fraîches gouttes de pleurs
       Qu'en vapeurs
Le soleil bientôt emporte,

Je pense à nos jeunes ans,
       A ce temps
Où notre cœur est de glace,

Où nous ignorons encor
Quel trésor
En secret l'amour y place.. .

Comme l'ardeur de midi
Vient ici
De l'hiver rompre le charme,
Au cœur il suffit des feux
De deux yeux
Pour qu'il en tombe une larme !

ODE XII

ODE XII

UNE PRÉDICTION

Est-il vrai que ma main révèle le mystère
Qu'à mes yeux de vingt ans cache encor l'avenir?
Dois-je fatalement poursuivre sur la terre
Un chemin que déjà l'on puisse découvrir?

Les rêves enchantés dont mon âme s'enivre,
Dois-je en voir l'impuissance ou bien la vérité,
Connaître la façon dont il me faudra vivre,
Les forces de mon âme ou sa fragilité?

Si mon cœur doit trouver, une fois dans ma vie,
Un cœur qui lui réponde et ne le trompe pas,
Si l'amour est vraiment ce que mon âme envie,
Si cette chaste fleur doit s'ouvrir sous mes pas?...

Ah! me l'apprendrez-vous? — L'image pâlissante
Des choses du passé s'efface et disparaît,
A peine savons-nous ce qu'est l'heure présente,
Et nous voulons au temps demander son secret!

Vous ne pouvez prédire à mon âme inquiète
Si son amour de gloire est un frivole amour;
Si de ce mal cruel la blessure secrète
Devra saigner sans cesse ou se guérir un jour!

Et c'est là, cependant, le secret de ma vie :
J'ai mis tout mon bonheur dans mon ambition ;
Il n'est pas de lauriers qu'en mon cœur je n'envie,
Et j'ignore lequel couronnera mon front.

J'ouvre à tous les zéphyrs ma voile vacillante
Aucun n'est pour l'enfler assez puissant encor;
Et je reste immobile, appelant la tourmente,
Qui pourrait, elle au moins, m'entraîner loin du port!

Mais où doit quelque jour aborder mon navire,
Vous ne le savez pas, nul ne peut le prévoir ;
En vain vers l'inconnu toute mon âme aspire,
Mes rêves du matin ne sont pas ceux du soir !

Lesquels sont vrais, voilà ce qu'il faudrait connaître !
Pourtant, vous me diriez (je l'avouerai tout bas),
Que je dois être grand, j'en douterais peut-être,
Ou n'être rien jamais, et je n'y croirais pas !

ODE XIII

ODE XIII

MESSAGE

Oiseau qui dans ce ciel d'hiver
T'enfuis, ne vois-tu pas dans l'air
Les brumes que le vent rassemble ?
La neige encor couvre les monts :
Attends l'été, nous partirons
    Tous deux ensemble !

— La neige, ami, ni les frimats,
Dans mon vol ne m'arrêtent pas
A travers les célestes plaines;

Mais de froid je grelotte ici ,
Et vais aux brises du midi
Demander de tièdes haleines.

— Oiseau qui fuis vers le ciel bleu ,
Sur ta route accomplis un vœu
Que je ne puis remplir moi-même :
Choisis un pur et frais matin,
Et va trouver, dans son jardin,
      Celle que j'aime!

— Cette femme, je la connais.
Souvent, ami, je vous voyais
Passer tous deux dans la prairie;
L'Amour, caché parmi les fleurs,
Unissait vos deux jeunes cœurs
Dans une même rêverie!

— Oiseau qui fuis vers le soleil,
Hélas! d'un bonheur sans pareil
Ne me rappelle pas l'ivresse!
Ils sont bien loin ces heureux jours!
Et cependant d'aimer toujours
      J'ai la faiblesse!

Ami, n'est-il donc plus d'espoir ?
Ne dois-tu plus même revoir
Celle qui t'est si chère encore ?
J'irai lui dire, un soir, tout bas :
« Ingrate, ne savez-vous pas
Le prix d'un cœur qui vous adore ? »

— Oiseau qui sur l'aile des vents
T'enfuis vers des cieux plus cléments,
Dis-lui que je lui suis fidèle :
Que tous mes rêves, mes soupirs,
Tous mes chants, tous mes souvenirs
      S'en vont vers elle !

— Espère, ami, je parlerai,
Alors peut-être je saurai
Quel charme tient ses lèvres closes :
Mais je m'attarde en t'écoutant,
Et, bien loin, ma compagne attend
Sous un buisson de lauriers-roses !

ODE XIV

ODE XIV

ADIEU

Lorsque du haut d'un mont que la tempête assiége,
Roule un torrent, gonflé par la pluie et la neige,
De rocher en rocher bondissant dans la nuit,
Et que, dans la vallée, où son onde en furie
Étend son noir limon sur la vaste prairie,
Il passe, écrasant tout sous lui!

Le lendemain, à l'heure où luit l'aube sereine,
Est-ce qu'un malheureux qui cherche dans la plaine
La borne de son champ, le chaume, son séjour,
Ira se retourner pour écouter dans l'ombre
La voix de quelque oiseau, qui, près du taillis sombre,
   Livre à l'aurore un chant d'amour !

Et moi, dans le fracas d'un vieux monde qui croule,
Je voudrais, solitaire au milieu de la foule,
Fuir sous l'ombre des bois où sourit le printemps,
Et, candide amoureux de l'antique génie,
Pour retrouver l'écho de sa pure harmonie,
   Plonger dans l'abîme du temps !

Non, non, l'heure n'est plus de ces douces chimères ;
Dans ce siècle entraîné par deux courants contraires,
Où l'espérance lutte avec le souvenir,
Ce n'est pas le moment de déserter la lutte
Et de quitter l'arène à l'heure où se discute
   L'œuvre sainte de l'avenir !

Adieu, Muse, retourne aux voûtes éternelles,
De mes jeunes amours toi les seules fidèles,

Compagne de mon cœur qui ne le trahis pas :
Partout, dans mes beaux jours, je retrouve ta trace ;
Emporte-les, ces jours ; laisse-moi seul en face
Des réalités d'ici-bas !

TABLE

—

www.ingramcontent.com/pod-product-compliance
Lightning Source LLC
Chambersburg PA
CBHW060452260626
47161CB00005B/2072